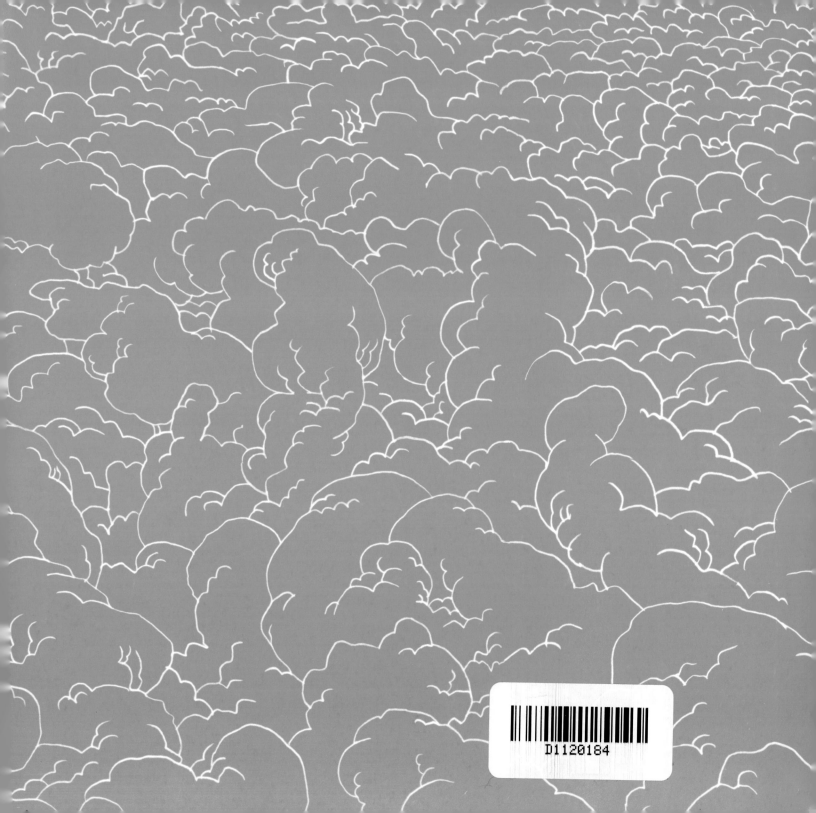

NOCHE SIN LUNA

FONDO
DE CULTURA
ECONÓMICA
1934 - 2009

Primera edición en hebreo, 2006
Primera edición en español, 2009

Keret, Etgar y Shira Gefen
    Noche sin luna / Etgar Keret, Shira Gefen ; trad. de Roser Lluch i Oms;
ilus. de David Polonsky. — México : FCE, 2009
    [48] p. : ilus. ; 21 × 23 cm — (Colec. Los Especiales de A la Orilla del Viento)
    Título original Laila bli yareaj
    ISBN 978-607-16-0035-6

    1. Literatura infantil I. Gefen, Shira, coaut. II. Lluch i Oms, Roser, tr. III. Polonsky,
David, il. IV. Ser. V. t.

LC PZ7   Dewey 808.068 K165n

Distribución mundial

Título original: *Laila bli yareaj*
Copyright © Etgar Keret, Shira Gefen y David Polonsky
Publicado por acuerdo con el Instituto para la Traducción de la Literatura Hebrea
Traducción: Roser Lluch i Oms

D. R. © 2009, Fondo de Cultura Económica
Carretera Picacho Ajusco 227, Bosques del Pedregal
C. P. 14738, México, D. F.
Empresa certificada ISO 9001: 2000

Colección dirigida por Miriam Martínez
Editora: Eliana Pasarán
Diseño: Francisco Ibarra

Comentarios y sugerencias:
librosparaninos@fondodeculturaeconomica.com
Tel. (55)5449-1871. Fax (55)5449-1873

ISBN 978-607-16-0035-6

Se terminó de imprimir y encuadernar
en enero de 2009 en Impresora y Encuadernadora Progreso,
S. A. de C. V. (IEPSA), calzada San Lorenzo 244,
Paraje San Juan, C. P. 09830, México, D. F.

Impreso en México • *Printed in Mexico*

El tiraje fue de 4000 ejemplares.

A la familia Pe'er
Shira y Etgar

A mis padres
David

SHIRA GEFEN Y ETGAR KERET

NOCHE SIN LUNA

ILUSTRACIONES DE DAVID POLONSKY

TRADUCCIÓN DEL HEBREO
ROSER LLUCH I OMS

LOS ESPECIALES DE
A la orilla del viento
FONDO DE CULTURA ECONÓMICA
MÉXICO

—Y vivieron felices para siempre —susurró el padre cerrando el libro y sosteniéndolo contra su pecho.

Zóhar entrecerró los ojos y pudo ver a su padre saliendo de la habitación con las manos en los bolsillos.

—Olvidaste prender la lamparita —le gritó Zóhar dos veces.

—Esta noche no hace falta, hay Luna llena —le dijo su padre cerrando la puerta.

Acostada en la cama, Zóhar pensaba: "Si todas las muñecas me sonríen, ¿por qué estoy triste? ¿Porque es de noche, está oscuro y papá se fue a la sala? ¿O porque me prometió la Luna y en la ventana no hay nadie?"

Todo estaba en silencio y a oscuras, y Zóhar salió al balcón. "¿Dónde se esconde la Luna?", se preguntaba buscándola con los ojos muy abiertos. Pero en el cielo sólo había unas nubes muy grandes que parecían elefantes tristes porque no encontraban su camino en un cielo sin estrellas.

Zóhar gritó:

—¡Luna!

Pero la Luna no respondió. Entonces volvió a llamarla:

—¡Lunita!

"¿Y si se subió al tejado o cayó al pozo? ¿Se habrá quedado dormida en la copa de un árbol?"

¿Qué es eso redondo, grande y blanco que brilla en el pasto? No, no es la Luna, es un gato barrigón.

—Perdón, señor gato —dijo Zóhar, valiente, de pie delante de él—, ¿sabe dónde está la Luna?

—¿Qué pasa? ¿Dónde estoy? —preguntó el gato desperezándose—. ¿Quién se atreve a despertarme mientras sueño con una albóndiga?

—La Luna se perdió —le dijo Zóhar—, no está en el cielo,
ni por aquí ni por allá.

—Luna lunera, cascabelera —protestó el gato estirándose—.
Por mí, lo que no sean mimos o golosinas, que se pierdan.

El gato dio un gran bostezo y volvió a cerrar los ojos.

Zóhar siguió caminando sin rumbo. De pronto, a lo lejos, divisó un círculo de luz blanca. Alargó los brazos y gritó:

—¡Luna!

Y una voz profunda le respondió:

—¿Quién está gritando?

—Perdón, señor policía, ¿ha visto usted a la Luna?

—¿La Luna? —dijo el policía levantando despacio la cara—. ¿Qué hizo la muy granuja? ¿Qué falta ha cometido? ¿Ha mentido? ¿Ha robado?

—¡No! —le respondió Zóhar—. La Luna es encantadora, simplemente se ha perdido.

—¿Se perdió? —preguntó el policía mientras buscaba algo en sus bolsillos—. En ese caso, es necesario llenar el formulario. Debes darme una descripción detallada. Cuándo se la vio por última vez y cómo ha escapado. Dime toda la verdad y nada más que la verdad —añadió tomando un lápiz.

Al cabo de un momento
Zóhar respondió:

—A veces está lejos y a veces cerca. A veces es blanca y a veces amarilla.

A veces es pequeña y a veces grande.

A veces es como la punta de una aguja y a veces redonda.

A veces es vieja
y a veces joven,

pero siempre
resplandece.

—A veces está lejos y a veces cerca, a veces es vieja y a veces joven. Lo que has dicho no es correcto, no es justo, no es legal ni comprensible —el policía arrancó ruidosamente la hoja de su cuaderno. Estaba tan enojado que la nariz se le puso colorada—. Lo que has dicho no vale para nada, me has hecho perder el tiempo y malgastar una hoja de mi cuaderno. Vete a dormir, pequeña embustera, vete, es muy tarde.

Zóhar caminó y caminó hasta que se acabó la acera.
También se terminaron las cercas de las casas y los gatos,
los patios y los bancos, incluso las farolas de la calle
se habían apagado. Sólo sus lágrimas seguían cayendo.
Zóhar se detuvo cuando llegó al extremo de la ciudad.
Desde allí vio muy a lo lejos una luz clara, resplandeciente
y conocida, blanca como el marfil, y hacia ella se encaminó.

En el bosque oyó a los grillos y toda clase de ruidos extraños. Un búho negro de pico torcido le gritó:

—¡Niña, vuelve a casa!

Viejos cipreses y pinos agitaban las ramas, la miraban fijamente y le decían:

—¡Ay, pequeña! Lo que haces no está bien.

Pero Zóhar, en lugar de detenerse, siguió caminando hacia la luz.

Zóhar llegó a la puerta de una pequeña cabaña, dio tres golpecitos y esperó. La puerta se abrió sólo un poco y por ella asomó una cabeza asustada y calva.

—¿Quién llama a mi puerta? ¿Un niño? ¿Una niña? ¿Un geniecillo disfrazado?

—Me llamo Zóhar y soy una niña. Perdone la molestia, señor, pero de lejos vi una luz y pensé que tal vez podría ayudarme…

—Si puedo, te ayudaré con gusto. Dime, niña Zóhar,
¿qué necesitas? ¿Clavos? ¿Una vela de navío?
¿Una trampa para mosquitos? ¿Chabacanos jugosos?
¡También tengo secos! ¿Un estuche para lápices?
¿Una tabla de multiplicar? ¿Una flor?

—No —dijo Zóhar—.
Sólo necesito la Luna…

—¿La Luna? —dijo el hombre
abriendo los ojos de par en par—.
Yo no la tengo. Pídesela a los vecinos.

Zóhar se quedó de pie sin saber
qué hacer y él… ¡plum!, le cerró
la puerta en las narices.

Zóhar se quedó pensativa: "¡Qué extraño! Aquí no hay ni vecinos ni nada, solamente un sapo verdoso, una tina de agua y una escalera que llega al cielo".

Mientras Zóhar subía por la escalera, pensaba: "¿De quién será? ¿Por qué estará aquí? ¿Será de un bombero? ¿De un pintor? ¿De un plomero? ¿Tal vez de un ladrón?"

Zóhar se detuvo. De pronto, justo delante de ella, a través de la ventana de la pequeña cabaña, vio…

¡Dios! ¡Era increíble! ¡La Luna bailando descalza sobre la mesa! Al piano, el hombre calvo tocaba para ella.

Zóhar abrió la puerta indignada, entró y empezó a regañar al hombre:

—Mentiroso, más que mentiroso, ladrón de lunas, ¿cómo puede ser tan egoísta? ¡Afuera está oscuro, el cielo está negro, y ustedes aquí, cantando y bailando!

La Luna se calló, parecía bastante avergonzada, y el hombre calvo balbuceó:

—No grites, los vecinos están durmiendo.

—¡Qué va! —le dijo Zóhar enojada—, pero si aquí no hay vecinos.

—Ni vecinos ni nadie —asintió el hombre moviendo la cabeza, con los ojos llorosos y la voz entrecortada—. Estoy completamente solo. Y cuando la vi allí arriba, grande, redonda y brillante, pensé que podríamos jugar juntos.

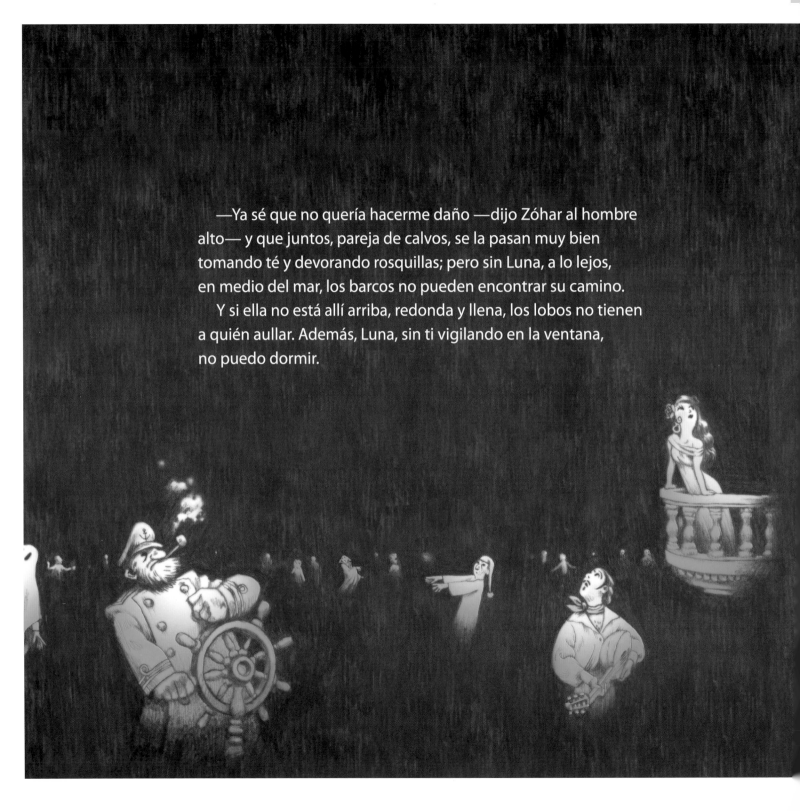

—Ya sé que no quería hacerme daño —dijo Zóhar al hombre
alto— y que juntos, pareja de calvos, se la pasan muy bien
tomando té y devorando rosquillas; pero sin Luna, a lo lejos,
en medio del mar, los barcos no pueden encontrar su camino.
   Y si ella no está allí arriba, redonda y llena, los lobos no tienen
a quién aullar. Además, Luna, sin ti vigilando en la ventana,
no puedo dormir.

La Luna no dijo nada y agachó la cabeza. Zóhar también se calló y esperó. El hombre abrió con tristeza la puerta de la pequeña cabaña.

La Luna subió por la larga escalera, cada vez más arriba.
Y cuando estaba en lo más alto, les prometió con ternura
que cada mes bajaría a visitarlos.

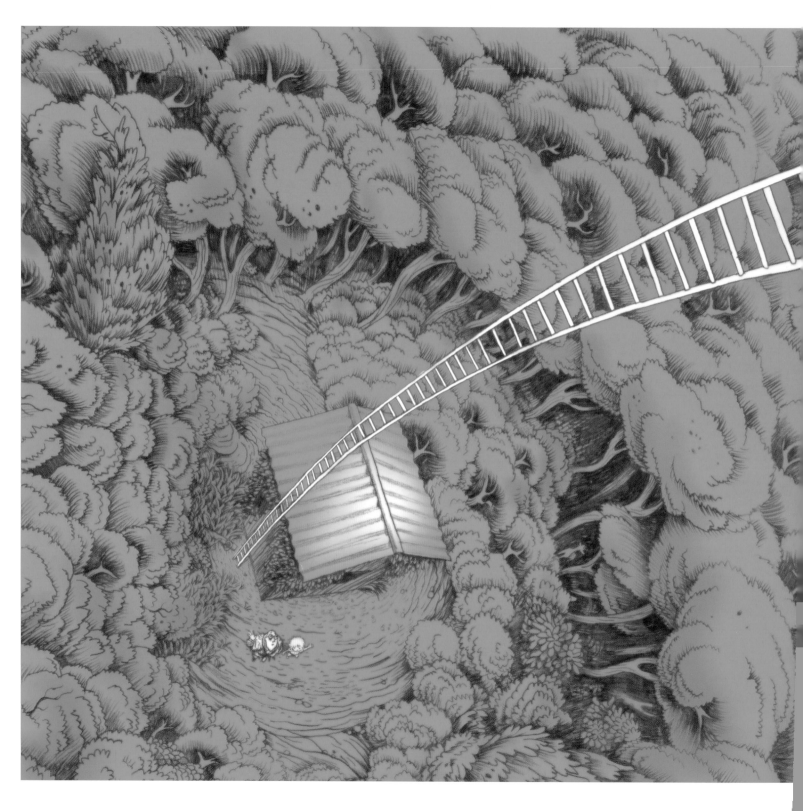

Si alguna vez, en una noche oscura y sin Luna, te sientes triste, recuerda que en algún lugar, en medio del bosque, hay un hombre que es feliz.

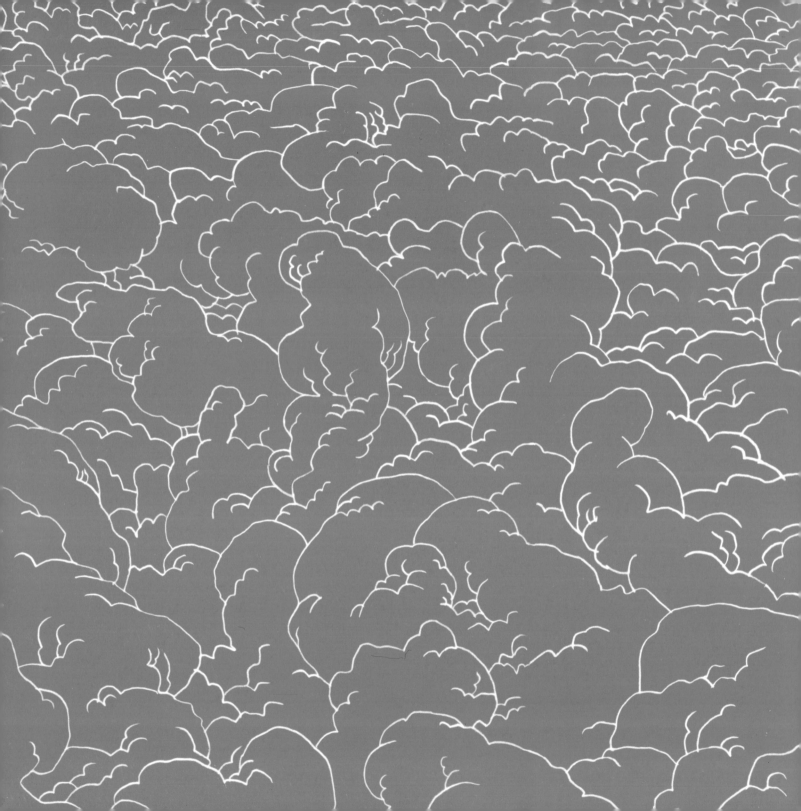